マロン・グラッセみたいな恋

Sumi Tachibana
立花すみ

文芸社

マロン・グラッセみたいな恋 ◎ 目次

マロン・グラッセみたいな恋

1　朝の光景

「まあ！　不思議。綺麗……」

キラキラと輝きながら舞い降りる雪。静かな澄んだ空気を破ったのは蹄の音。白い馬が勢いよく走っている。あれ？　こっちに来る。白馬には美しい少年が乗っていて手を差し出している。乗ればいいの？　思い切ってジャンプすると、今まで穏やかだった馬が体を揺さぶった。必死にしがみついたが振り落とされた。

ドシン！　物凄い音がした。

「痛ーい」

小倉しるこはベッドから落ちたのだった。

「なんだ、夢か……」

しるこはノロノロと起き上がった。

小倉家の末娘、しるこは十六歳。高校一年生。ショートカットの似合う爽やかな子。朝のシャワーは欠かせない。時計は六時だった。今日は一番。毎朝大変。しるこの上に二人も姉がいて順番に朝のシャワーをする。しるこは浴室のドアに「しるこ」と書かれたプレートを下げた。

時計の針が六時三十分を指すと同時に、けたたましい音楽が鳴り出した。その音は少しずつ大きくなって、最後にはボリューム大のところで止まった。曲は鳴りっぱなしで、朝から近所迷惑である。ステレオが頭上でうるさく起こしているのに、ぐっすり眠っているのが、アン。二十歳になる。

「アン！　止めなさい！」

階段をパタパタと駆け上がって来た母、マロン。フランス人。

「毎朝、なんなの？　この音」

揺り起こされて薄目を開けるアン。

「うーん。もうちょっと……」

布団を深くかぶり、手探りでステレオのボリュームを探す。瞬間、今までの騒がしい音が消えた。

「またあ！　ママったらコンセント抜くの止めてよ。タイマーをセットするの大変なのよ！」

アンが飛び起きた時にはドアがバタンと閉まった後だった。アンは茶色のウェーブヘアーを掻きながら布団から出た。


その頃、玄関の鍵を開ける音がする。そーっとドアが開いた。脱いだブーツを下駄箱に片付けると、あずきはホッとした。

「朝帰りとは、パパは悲しいぞ」

新聞を取りに来た父、善哉《ぜんざい》が立っていた。善哉は和菓子屋を経営。

あずきは二十四年間生きてきて身に付けた知恵を絞ったが、

「あっパパ、グッド・モーニング！」

これが精一杯であった。きまり悪くて、あずきはさっさと二階へ上がって行った。

「恋愛もいいけど、結婚は考えてるのか？」

あずきは善哉の言葉を無視して部屋へ入った。

ドレッサーの鏡に疲れた顔が映っていた。自慢の黒いストレートの髪も霞んで見えた。一刻も早くシャワーを浴びたかった。

結婚かあ。なんて重い言葉だろう。嫌だな、一生独身でいいや。

「さてと、シャワー。シャワー」

あずきは浴室へと下りていった。ちょうど、アンが浴室から出て来てプレートを外した。


「あずきは朝帰り？」

朝食の用意をしていたマロンは、リビングに戻った善哉に聞いた。

「ああ。困ったものだ」

善哉は新聞を広げた。

「パパ、きつく言ってくれました？」

マロンが善哉の方を向くと、善哉は新聞で顔を隠していた。

「もうパパったら……」

マロンは小さく呟いた。

しるこが入って来た。

「パパ、ママ、おはよう。お腹が空いた！」

アンが騒々しくドアを開けた。

「遅刻しちゃう！　ママ早く、ご飯、ご飯」

「アン！　しとやかにして」

マロンはテーブルに食事を運ぶ手を止めてアンに注意した。

「眠ーい。あたし今日は休みだからね。食べたら寝る」

あずきもテーブルに座った。

小倉家の朝食が始まった。

2

しるこの恋

玄関のチャイムが鳴った。三回も押さなくても聞こえるのに。

「はーい！　今、行くから！」

しるこは返事をして鞄を持った。朝チャイムを鳴らす奴はあいつしかいない。幼なじみの英。

「よっ、おはよ」

「おはよう。あのねぇ、もう高校生なんだし一人で学校に行きなよ。英はチャリ通（自転車通学）、私は電車なのよ。それに駅まで行ってたら遠回り」

しるこは近くの駅まで自転車で行って、一駅だけ電車に乗って学校へ通っていた。その駅から歩いて五分ちょっとで高校に着く。途中に公園があり、緑の木々が植えてある散歩道を通るとすぐ見えてくる。

「しるこもチャリ通にしようぜ」

「やーよ。雨が降ったら最悪よ。雪なんて、もっと……」

しるこは今朝の夢を思い出した。

「俺も雪が降ったら電車だな」

「雪じゃなくて、そう、本当は足が太くなるから自転車は駄目なの」

「プッ。もう太いじゃん」

英はゲラゲラと笑った。

「失礼ね！　ああ、早く雪が降ればいいのに……」

しるこは呟いた。その言葉は笑っている英の耳には入らなかったみたいだ。

英とは小さい頃から毎日のように一緒にいた。姉しかいないしるこにとって弟みたいな存在だった。恋とは違う気がする。恋ってのは、今朝の夢に現れたような……しるこは夢の少年に恋してしまったのかもしれない。雪の日の出会いを予感して胸がキュンとした。

今日から十二月。駅のホームには、いつもより人が多かった。毎年この時期には雪が降り積もるため、十二月から電車を利用する人が増える。

階段のところにポツンと立っている少年がいた。初めて見る顔だった。しばらくして電車がホームに入ってきた。電車に乗ったしるこは、さっきの学生が近くに立っているのに気付いた。窓の外を見つめる少年の顔を見て驚いた。夢の中の王子にそっくりだったからだ。何故かそう思った。

学校の帰りに、しるこは友達の家へ寄っていた。駅とは反対の方向で、高校よりも遠い、町中から少し外れた場所だった。腕時計は五時半を回っていて、外は真っ暗だった。

「駅まで遠いな。さむっ……」

駅までは歩いて十五分はかかりそうだった。ひっそりとした空気は真夜中みたいに思えた。六時六分の電車に間に合うように足早に歩き出した。

駅の近くになると明るくなってきた。

「よぉ！　しるこ」

聞き覚えのある声は中学校、高校と同じクラスの南野だった。

「南野、今、帰りなの?」

しるこは南野の横を見て驚いた。最近、駅で見かける美少年も一緒にいたのだった。

「こんちは」

一言だけ言って、美少年は黙ってしまった。

「こいつ本田。今日これから俺の家に遊びに来るけど、しるこも来る？　本田が駅でしるこを見て『大人しそうで、いい感じの子』って言うから。うるさい女だとも知らないで」

南野がふざけて笑った。

「そうなの？　えっと、あたしも今日は暇だから。行こうかな……」

しるこは突然の出来事にドキドキした。

「七時までには来いよな。待ってるから。そう言えば、英と今日は何をもめてた？　どうした？」

南野はさりげなく聞いた。

「なんでもないのよ。一人で学校へ行けばいいのよ。子供じゃあるまいし。そんなことより、二人は何故？」

しるこは話を変えた。

「部活が一緒なんだよ」

南野が面倒くさそうに答えた。

「バスケット？」

しるこは黙っている彼に聞いた。

「うん。バスケ」

本田はまた黙ってしまった。電車も来たので、三人は急いで電車に乗った。たった一駅の五分ちょっとが今日は違う。いつもは遠くから見ていただけなのに。さっき話をしたしるこは本田と目が合うとニッコリした。すぐに電車は駅に着いた。

「七時に集合ということで。じゃあな！」

南野の大きな声に、しるこは手を振った。

「うん！　七時ね！」

しるこは走って自転車を取りに行った。そばに誰もいないのを確認すると叫んだ。

「ヤッター！」

急いで家に帰ると部屋へ駆け込んだ。

「しるこ？　出かけるの？　ご飯どうするの？」

マロンが不思議そうな顔で聞いた。

「ママ、時間ないのよ。帰ったらね。ねえ、洋服おかしくない？」

しるこは適当に選んで着てみた。

「大丈夫よ。寒いから暖かい格好で行きなさい。どこに行くの？」

「南野の家！　あ、もう六時半。服もどれでもいいや」

「早く帰って来るのよ」

しるこは自転車に乗り、力いっぱいこいだ。南野の家はスーパーの近くだった。

「少しは役に立つじゃない、南野も。まさか彼と知り合いになれるなんて……。あたしのことを『いい感じ』だなんて、夢みたいね」

しるこは寒さも忘れてしまうほどに喜んでいた。

それにしても、南野ったら英の話なんてしなくていいのに。


「こんばんは」

「おう！　入れよ」

南野の家のチャイムを押すと、南野が部屋まで案内してくれた。

「こんばんは」

本田がニッコリと笑った。

「よろしくね。本田君って呼んでいい？」

しるこは本田の側へ行った。

「俺は呼び捨てなのに、本田くーんか」

南野がチェッと舌打ちした。

「いいじゃないの別に。ねえ、本田君でいいよね？」

「いいよ。ところで何を飲む？」

本田がしるこに聞いた。

「二人は何を飲んでるの？　一緒のでいいよ」

しるこは南野の部屋を見回した。

「南野の部屋、まあまあ綺麗じゃない」

「しるこの部屋は？」

「あたしの部屋は綺麗に決まってるじゃない」

しるこはドキリとした。

「それじゃ、どうぞ」

本田がくれたのはジュースではなく、アルコールの入った炭酸だった。

「何これ？　お酒が入ってるの？」

しるこはキョトンとした。

「大丈夫。薄ーいから」

本田はしるこにグラスを渡した。

「本田君って、いつも飲んでるの？」

「いつもじゃないけど、たまにね」

「あー、いけないんだ。まだ高校生なのに」

しるこは冗談っぽく言った。

「ま、いいから、いいから」

本田は飲むように勧めた。本田は少しずつ話すようになった。

「あたし今日はびっくりした。前から本田君と仲良くなりたかったから。まさか話ができるなんて思ってもみなかった」

しるこも初めて飲む魔法のような炭酸に酔ったのか、いい気分だった。

「いつも駅で一人で電車を待ってる姿を見て、大人しそうで、いい感じだなって思っていたけど、よく喋るのにはびっくりした」

本田は大げさに手を広げ、驚きのポーズを見せた。

「きゃー！　喋らないわよ。それってうるさいってこと？」

「うるさい。うるさい。世の中でしるこほどうるさい女はいない！」

南野が口を挟んだ。

「あたしがうるさい？　うるさいのは南野よ。せっかく本田君と話しているのに」

しるこは南野を睨んだ。

「へいへい。静かにしてますよ」

南野は飲み物を作り始めた。

「そう言えば、本田君って普段は何してるの？」

「うーんと、普段はね……猫と遊んでる」

本田は少し照れた感じだった。

「へぇー、そうなの。猫かぁ……」

すると、しるこの声をさえぎるように、隣の部屋から別の声が聞こえてきた。

「ご飯どうするの？」

南野の母の大きな声だった。

「悪いけど、今日はこれで。本田、しるこを家まで送ってやってくれ」

「あたし、チャリなんだ……」

しるこは自転車に乗って来たことを後悔した。

「いいよ。気にしなくても」

本田は優しく言ってくれた。


本田はしるこの自転車を引いて、一緒に歩いてくれた。大通りでも、歩道が狭いところに来ると、「さあ、どうぞ。レディー・ファースト」と、まるで外国映画みたいに手を出してくれた。

「ヤダー、本田君ったら」

しるこはわざと変なことを言ってしまった。どうして素直にありがとうって言えないのかな。

「歩くの疲れない？　僕が前に乗るから、後ろに乗る？」

しるこを気遣ってか、途中で本田が聞いた。

「いいの？　あたし、重いと思うよ」

「大丈夫。大丈夫。男だからね」

本田が疲れたのだと思ったしるこは、「では、お願いします」と答えた。

二人乗りの自転車がヨロヨロと走り出した。

「うー、重い。倒れそう」

「本当？　やっぱり降りる？」

しるこは体の力を抜いたつもりだったが、反対に力が入ってしまったらしい。

「本当に重い……って、嘘だよ、嘘。冗談。しょうがねぇ奴だなあ」

本田はペダルに力を込めた。しるこは黙って本田の背中につかまった。

「ねえ本田君、あたし秘密の場所を知ってるの。今から行ってみない？」

しるこは思い切って言った。

「秘密の場所？　遠い？」

「遠くないよ。あたしの家の近くのロータリー」

「全然かまわないよ。案内してくれる？」

「もうすぐよ。本田君にだけ教えてあげる」

しるこの中で何かが今までと違っていた。もっと一緒にいたいと思っただけ。生まれて初めての不思議な気持ちだった。

「ロータリーに着いたけど？」

「自転車はこのへんに停めて、本田君、付いて来て！」

ロータリーからしるこの家までの途中に市営住宅がある。ちょっと前に完成したばかりで、まだ新しい。入り口から階段を上がると、三階に棟と棟を繋ぐトンネル状の通路がある。人が通ることはなく、上部の透明の窓からは空が見える。座れば外からは見えず、最高の場所だった。

「どう？　秘密の場所の気分は？」

しるこは大好きな場所に本田といることが夢のようで、時間が止まってしまえばいいのにと思った。

「誰か来たらヤバくない？」

本田は辺りを見回した。

「大丈夫よ。誰も来ないわ。星も月も見えるでしょ？」

しるこは空を見上げた。星が輝いていた。明日はきっと晴れそう。

「いい場所だね。僕に教えてもよかったの？」

「もちろんよ。本田君しか知らないんだから、誰にも言っちゃ駄目よ」

しるこは座り込んだ。

「一つ聞いてもいいかな?」

本田も隣に座った。

「何?」

「あのさ、いつも一緒にいる男子生徒だけど、付き合っているの?」

本田が言っているのは英のことのようだ。

「付き合っていないわよ。彼氏いないもの。カップルに見えたの?」

しるこはガッカリした。関係ないのに。

「うん。いつも一緒にいるから。彼、わざわざ駅まで来てるんだよね。電車に乗らないのに。だから彼氏かなって」

本田は下を向いた。

「幼なじみなの。小さい頃から公園で遊んでいただけ。それに英とは結婚したいと思わないし」

「そうかあ。だけど、結婚考えるのって、早くない? まだ高一なのに」

本田は少し驚いた様子だった。

「そうかな。早いのかな」

「早いって。人生は長いよー」

本田は素っ気なく言った。

しるこは本田の言葉に少し心が痛んだ。同時に、お腹が痛むのに気付いた。たぶん初めて飲んだアルコール入りの炭酸のせいだろう。しるこは聞きたいことがたくさんあった。お腹は痛いけど我慢した。

「ねえ、本田君はどんな音楽が好きなの?」

「バンドしてるから、うるさいのが好きかな」

「静かな曲は聞かないの?」

「静かなのもいいね。何かお勧めあったら貸してくれる?」

「えーっとなんて曲だったかな。姉がいっぱい持ってるのよ。あっ、静かな曲でもないか……」

しるこは困ってしまった。せっかくのチャンスなのに。貸したら、また話せるのに。

「なんでもオッケーだよ。貸して欲しいな。今度持って来れる?」

本田は興味を持ったみたいだった。

「それじゃ明日、忘れずに持って行くね」

しるこは二人だけの約束に一瞬お腹が痛いのを忘れたが、刺すような痛みは消えなかった。

「顔色が悪いけど、大丈夫？　寒い？」

本田が心配そうな顔をして聞いてきた。

「寒くないよ。あのね、お腹が少し痛いなって」

しるこはとうとう本田に言ってしまった。

「そりゃ大変！　今日はもう帰ったほうがいいね」

本田が立ち上がった。

「本田君、気にしないで。大丈夫だから」

しるこは我慢の限界だった。

「ずっと我慢してたの？　しょうがねぇ奴だな」

しょうがねぇ奴だな……。本田の口癖らしい。しるこはなぜか怒られている気がしなくて嬉しくなった。

「じゃ、帰りましょうか。本田君がもし風邪をひいたら大変だもの」

二人は秘密の場所を後にした。

翌日、休み時間に本田のクラスに行った。

「昨日の曲。袋の中に入っているから」

しるこはサッと小さな紙袋を渡した。

「ありがと。次は僕のを貸してあげるね」

本田の笑顔を見て、しるこは手を振って教室まで戻った。

すぐに女子生徒たちがヒソヒソ話を始めた。

「しるこ、本田君と付き合ってるの？」

クラスの友達も聞いてきた。

「まさか！　仲良くなっただけよ」

しるこは優越感でいっぱいだった。帰り一緒になったらいいのに……。

しるこは一日が楽しくて仕方なかった。別に用事もなかったけれど、帰りに寄り道をして遅くなった。雪も降って寒い。もう本田は帰ってるはず。

「よっ、今、帰り？」

本田が駅にいたのだった。

「ちょっと寄り道してたら、遅くなっちゃった」

しるこは運命を感じた。

「一緒に帰ろう」

本田が先を歩いて行った。後ろから嬉しい顔をして付いて歩いた。

しかし、電車の中で嫌なことに気付いた。

「あたし、今日チャリなの……」

マロンを恨んでも遅かった。

「駅に置いてあるの？」

「違うの。別のところ。本田君、ごめんね。遠い場所だから」

電車が駅に停まると、しるこは急いで降りた。

「どこに置いてあるの？」

本田が聞いても、しるこは答えられなかった。

「ごめん、本田君、またね」

しるこは足早に駅を出た。外は深々と静かに雪が積もっていて、自転車など馬鹿みたいだった。本田の家は駅の裏で、しるこの帰り道の途中にある。細い一本道だから、どうしてもその前を通らないと帰れない。今すぐ行くと、まだ歩いていて、しるこの自転車の姿を見られてしまう。雪の日に自転車なんて、きっと変な子だと思われてしまう……。

仕方なく、しるこは自転車の置いてある倉庫で時間を潰すしかないと思った。前に駅で自転車を盗まれてから、善哉の友人の倉庫に停めさせてもらっていた。倉庫の中は暗くて、とても寒かった。息だけが白く見えた。何度も何度も時計を見た。三十分も自転車の横にいた。さすがに本田は家に着いたはず。やっと、しるこは自転車を引きずって家まで帰ったのだった。

きっと馬鹿な子だと思われているに違いない。しるこはどうしようもない気持ちのまま家に着いた。

「ただいま。ママ！　ママが『今日は自転車で大丈夫』って言ったから乗って行ったのに。雪が積もって、馬鹿みたいじゃない！」

しるこはマロンの顔を見るなり大声を出した。

「なんのこと？　どうしたのよ？」

「昨日、南野の家に遊びに行ったら、本田君と仲良くなれて、今日、偶然に一緒に帰れたのに自転車なのよ！　本田君から『どこに置いてあるの？』って聞かれて、あたし恥ずかしいから、駅で無理にバイバイした。本田君が帰るまで自転車の倉庫にいたの」

「しるこったら、馬鹿な子ね。一緒に帰って来ればよかったのに。本田君は自転車のところまで付いて行って、一緒に歩いて帰ろうと思ってたんじゃないかしら？」

「だって、恥ずかしくて恥ずかしくて。今日みたいな雪になる日に自転車に乗って来て、きっと馬鹿な子って思ってるわ」

しるこは泣きながら部屋へ入って行った。

恋みたいね……。マロンは嬉しく思った。

「しるこは、どうかしたのか？」

善哉がマロンにそれとなく聞いた。

「なんでもないのよ。自転車に乗って行ったのに雪が降ったから怒ってるのよ」

マロンは笑って言った。

「自転車は大丈夫だったのか？」

善哉は自転車の心配をしていた。

「大丈夫よ。盗まれてないわよ。ちゃんと引きずって持って来たみたいですよ」

「それならいい」

「しるこも年頃なのよ」

マロンはニッコリと微笑んだ。

「そうか……」

善哉は黙って頷いた。

窓の外は一段と雪が降り続いていた。

明日はしるこに「本田君に会ったら素直にね」って言ってあげよう。応援しなければ、と思いながら、マロンは雪を見つめた。雪をまとった木々たちを美しいとマロンは思った。

3　アンの恋

アンは携帯電話を出した。ピンクの携帯をさらにゴールドで飾り、大きめのラインストーンを何個も貼ってある。派手な携帯だった。ストラップもジャラジャラと白とピンクのパールが付けられていて、みんなからは驚かれ呆れられる。

「もしもし、アンです。ケン？」

「おう」

「おはよう、ケン」

「やあ、アン。どうしてた？」

「元気。元気。とっても元気。貴方は？」

「風邪ひいてる」

「本当？　大丈夫なの？　心配だわ」

「大丈夫！　すぐよくなるって。今夜はどうするの？」

「もちろん行くわよ」

「今から仕事だろ？」

「そうよ。あーあ、九時から五時の会社勤めなんて面白くないわよ」

アンは会社が終わってから毎晩クラブに踊りに行っている。月曜であろうが休まずに通っている。アンはケンという名前のＤＪが大好きで一生懸命アタックしているが、ケンからはいつも子供扱いされている。

「ＣＤ仕上がったから、今夜にでも渡すよ」

ケンは曲をノンストップでつなげたＣＤを毎回作ってくれる。ケンに作ってもらったＣＤはアンの宝物だった。今回はしっとりした大人の曲のミックスと、ノリのいいテンポの二枚の約束だった。

「本当？　アダルトミックスよね？」

アンは弾んだ声でケンに聞いた。

「ノリノリのヤングの方だよ」

ケンは笑って言った。

「ケン！　約束したじゃない。あたしは二十歳なのよ。大人の女性なのよ」

アンは真剣に怒っていた。

「ジョーク。冗談だって。アンはいつもオレンジジュース飲んでるからね。あっ、アンは毎日欠かさず来るから、両方作っといたよ」

ケンは笑って答えた。

アンは見た目には酒も強くてタバコも吸いそうな感じだが、アルコールは一滴も飲めなかったし、タバコは一本吸って倒れてしまった。

「もう。それなら最初に言ってよ。それと、二十歳でもお酒は苦手なのよ」

アンは機嫌が良くなった。

「じゃあね！」

携帯の時計を見た。もうすぐ九時だった。

「マズイ。また遅刻だわ」

アンは会社へと急いだ。

アンの会社は運送会社で、九月に入社したので三ヵ月たったところだ。十二月はボーナスがもらえる。仕事は主に事務全般。トラックの運賃計算、発送伝票と倉庫の入荷をインプットする。担当は菓子。他にタイヤや織物やコピー機などがある。

高校を卒業してから入った最初の会社は半年で辞めてしまった。暇ができたアンは自動車の免許を取り、アルバイトをしながらクラブへ踊りに行き始めた。夏に友達がボーナスをもらっていたのが羨ましくて、今の会社に慌てて就職した。

運送会社だから男の人との出会いがたくさんありそう。動機は不純そのものだった。確かに男はいっぱいいるけれど、仕事も大変なのだ。

「小倉さん、おはようございます」

コピー機の担当の江川がアンをチラッと見て、すぐに目をそらした。

「おはようございます」

アンはツンとして給湯室へと入って行った。年は二十七歳で「手ごろ」だが、アンの苦手なタイプの男性であった。

「アンちゃん、おはよう」

アンの一つ上の池中てるよが先に朝のお茶を入れていた。アンが好きになれないタイプの地味な女性だ。毎日、会社と家を往復するだけで、何が楽しいのか……。

「おはよ。あー、眠い」

「昨夜も踊りに行ってたの？　ケンは元気だった？」

また色々と聞いてきた。

「そうよ。池中さんは、昨日は？」

アンは面倒くさそうに聞いてみた。

「昨日は江川さんとご飯を食べに行った」

彼女と江川は同じコピー機の担当で、仕事が終わってから食事に行ったりしていた。

「そうなの。あたし、なんだか江川さん苦手だわ」

「江川さんもアンちゃんのことを『派手で好きじゃない』って言ってた」

池中は勝ち誇ったようにアンを見た。

「上等じゃない。こっちもお断りよ」

アンはお茶の盆を持ってみんなの机に配った。


朝礼のときに所長から報告があった。

「江川君が本社に戻ることになった。今月いっぱいはここで仕事をして、来年の一月から本社勤務になる。もう一つ急な話だが、今夜、江川君の送別会をすることになったから。

急な話ばかりで悪いな。七時に会社の近くの店に予約を取った」

送別会を早めに失礼して踊りに行こう。飲めもしないのに飲み会に行く必要もないのでは？　とアンは自分だけの予定を頭の中で考えていた。

「アンちゃん、行くよね？　会社の後すぐに買い物に一緒に行って欲しいのだけど」

池中から小さな声で言われた。

「何を買うの？」

「江川さんへのプレゼント。送別会であげたいから」

「分かったわよ」

アンは計算機をたたきながら答えた。

「アンちゃんも何か渡すの？」

「まさか！　あたしからもらっても嬉しくないでしょう。それに担当も別だし、おごってもらったこともないもの」

会社を定時に引けると、すぐに買い物に出かけた。池中はずっとネクタイをどうするか迷っている。

「まだ決まらないの？　時間ないよ」

アンは適当に靴下を見ていた。

「これ、可愛いよね？　江川さん気に入るよね？」

池中が手にしているのは水玉のネクタイだった。

アンはぎょっとした。もう少し地味なほうがいいと思ったが、どうでもよくて早く決めて欲しかった。

池中は「やっぱり、水玉がいいわよね……」と言いながら、まだ決まりそうもなかった。このままでは閉店まで選んでいるのではないだろうか。そう思ったアンは、自分でも驚いたことを口にしてしまった。

「あたし、靴下を買うわ。江川さんにあげる」

アンは目についた黒とグレーの靴下を手に取った。

「私も決めた。水玉のネクタイにする」

池中もようやく決断した。

やっと店を出て、送別会の店へ急いだ。

「なんだか寂しいね」

池中が溜め息をついた。

「別に……」

アンは池中にウンザリした。


店にはまだ全員そろっていなかった。しばらくすると会社の男の人たちが入ってきて、江川の送別会が始まった。

池中は江川の隣に座った。

「お世話になりました」

池中はネクタイの袋を渡した。アンはついつい渡しそびれてしまった。

「カラオケ歌おうぜ！　アンちゃん、池中さんと一緒に歌って」

アンと同じ担当の男性が言った。

「えー、えー、どうしようか？　アンちゃん」

池中が嬉しそうに見えた。酔っているのか、顔も赤かった。それは江川の隣だからか。

「池中さん歌ったら？　あたしいいわよ」

アンはカラオケは大好きだが、池中と一緒に歌うのは嫌だった。

一次会は八時半でお開きとなり、二次会に行く人たちがタクシーを待った。一台では無理だったので、分かれて乗り込むことになった。そして、なぜかアンは江川と一緒になった。

タクシーの中で隣になったアンは渡しそびれた靴下を渡した。

「ありがとう！　もらっていいの？」

江川はとても驚いていた。

「いいのよ。担当は違うけど、今まで一緒に働いてきたじゃない」

「まだ明日すぐ本社へ行くわけじゃないよ」

江川は笑って言った。

「あっ、そうね。ごめんなさい。変な意味ではないのよ」

アンは初めて江川と話をした。

「今日も踊りに行くの？」

「ヤダー、誰が言ってたの？」

「会社中のみんなが知ってるよ」

「行くつもりだったけど、今日はもういいわ。それより池中さんとはご飯に一緒に行ってたでしょ？　あたしにはお茶の一杯もなかったな」

「えっ、誘ってよかったの？　小倉さんって、なんか池中さんから聞くのと違うね。思いっきり誤解してたよ」

タクシーが目的地に着いた。

「じゃあ江川さん、食事なんて言わないから、後でお茶おごって」

アンはエレベーターの中でこっそり言った。

「いいよ。早めに二人でトンズラする？」

まさかの意外な江川の言葉だった。

二次会はクラブだった。しばらくして江川が目で合図してきた。

「せっかくの送別会で悪いのだけど、先に失礼させてもらいます」

「主役が帰るのかー？」

みんなふざけていたが、本気でとがめているわけではない。

「まあ、中締めにして、帰る人は帰る。残る人は残って、楽しくやりましょう」

所長は上機嫌だった。

「あたしも失礼しまーす！」

アンが席を立った。

「池中さんも連れてってやれよ」

会社の人が余計なことを言った。

アンはニコニコと手を振って外へ出た。

「小倉さん！」

ビルの陰から江川が顔を出した。

「帰り際に、踊りに行くなら池中さんも連れてけって言われて、困ったわ」

「池中さんをまいたんだ。とにかく、お茶しに行こうか」

江川はクスクス笑った。

会社までアンの車を取りに戻り、二人はアンのお気に入りの喫茶店に入った。アメリカンスタイルの洒落た店。

「まあ！　彼女、あたしのことをひどい女と言ってたのね？」

「小倉さんが僕のことを最低な男だと言ってたと何度も聞いたよ」

「言ってないわよ」

「池中さんの言うことを真に受けてたよ。謝らないとね。悪かった」

「あたしこそ、ツンツンしてごめんなさい」

アンは江川と初めて打ち解けた。しかし、お茶一杯で何時間もいるわけにもいかない。

切り出したのは江川のほうだった。

「ゆっくり話ができる場所に行く?」


二人はホテルにいた。

「どうして? 何故あたしを誘ったの? 嫌いじゃなかったの?」

アンは落ち着いていた。

「嫌いじゃないよ。でも誤解しないで。変な風には思ってないから。ただ本当にもっと話したかった」

江川はソファーに腰掛けた。

「あたしも。もっと前から話をすればよかった」

アンも隣に腰掛けた。

「さっきの包み、開けてもいい?」

「靴下よ。大したことないのよ」

しかし、江川は靴下をとても喜んでいた。そして池中の包みも開けた。水玉のネクタイを見るなり顔色が変わった。

「うわー、水玉か……」

「でも、真剣に悩んで選んでたわ。あたしずっと羨ましかったの。池中さんは食事に連れてってもらって。次の日に自慢されるのが嫌だったわ。だからわざと知らん顔してた」

「本当にもっと前から話してたら、十月の社員旅行だって楽しかったと思うよ」

アンは思い出した。初めて江川の私服姿を見たのだった。確か、白のジーンズに真っ白なジャンパー姿だった。

そのときは、とにかく見ないようにしていた。アンも白と黒のモノトーンだったから。

「そうそう！　旅館の前でみんなで記念撮影したとき、あたし江川さんの隣ですっごく嫌だったの。アハハ。おかしいね」

「そんなに嫌いだった？」

「うん。だってあたしのことを『遊んでる女』だとか散々に言ってたじゃない？」

「だから本当じゃないことも、池中さんが言ってたことを全部信じてた。今は違うよ」

アンは三ヵ月ずっと無視してきたが、最後に打ち解けられてよかったと思った。

「これからは仲良くしましょうね」

アンは笑顔を見せた。

「もう三時！　帰らないと」

江川はソファーから立ち上がった。アンも立ち上がり、江川の腰に手を回した。

「明日は会社で、いつも通りにね」

江川はそっとアンにキスをした。


翌日からアンは上機嫌だった。面白くなかった会社が楽しくなった。江川とは会社の中では知らんふりをしているが、倉庫への道の途中で会ったりしたときは、すれ違いざまに小さなメモを渡したりした。仕事の後に食事にも連れて行ってもらった。

一度アンの知り合いに出会った。

「やあ、アンちゃん！　素敵な彼氏だね」

「違うの。会社の人なの」

アンは江川を会社の人だと紹介した。

「どうして彼氏って言ってくれなかった？」

後で江川に言われた。

「だって……」

アンは複雑な気持ちだった。江川には奥さんと子供がいる。江川とは先に進めない。

「僕は彼氏のつもりだったけど、君は会社の人だなんて言うから、ショックだよ」

江川の声は沈んでいた。

「いきなりで、なんて言っていいか分からなかったの」

アンは心のどこかでブレーキをかけていた。

「会社を辞めようと思うんだ」

江川がとんでもないことを言い出した。

「どうして？　辞めてどうするの？」

アンは不安になった。

「君と遠いところへ行く。僕はバイトでもなんでもするから、一緒に暮らしたい。絶対に君を大切にする」

江川が見つめている。

しかし、アンは目をそらした。答えたかった。一緒に行きたい、と。

「もうすぐボーナスじゃない！」

アンは話題を変えた。

「ボーナスと給料をもらったら辞表を出す」

「待って、もう少し考えさせて。あたし、まだ決められない。貴方のこともまだよく知らない」

送別会から一週間しか経ってない。

本気なのかな。からかわれてるのかな。アンは悩み続けた。


土曜の昼、池中とランチに外へ出た。近くの喫茶店に入った。

「昨夜もクラブに行ったの？」

池中は人のことばかり聞いて、自分のことは話さない。まあ話すことなどないみたいだけど。好きな人なんていないはず。

「昨夜は行かなかったの」

アンは池中と一緒にいるのが苦痛だった。何故かイライラする。

「最近ケンとはうまくいってるの？」

そうよ。池中の無神経なところが駄目なのね。今頃になって気付いても遅いかな。

「仲はいいよ。でもいいの。ケンのことは」

「もういいの？　他に彼氏でもできたの？　もしかして、二股かけてるとか……」

池中はぬけぬけと言った。さすがにカチンときた。

「二股だなんて、冗談じゃないわ。ケンとは電話したりしてるけど、付き合っていないわ。今、すごく悩んでるのに、変なこと言わないでよ」

「何かあったの？」

「あたし今ね、江川さんのことで……」

アンはハッとして我に返った。

「江川さん？　江川さんとなんかあったの？」

「送別会の帰りにお茶しただけよ」

「本当のことを教えて。お願いだから。まさか、二人でホテルとか行ったの？」

もうどうでもよかった。

「そうよ」

アンは小さく答えた。

池中の細い目から涙がこぼれ、すぐに泣き出してしまった。

「泣くほど好きなら、行動すればよかったじゃない」

アンは突き放した言い方をした。

「知ってると思ってた」

「知らないわよ。憧れてるだけだと思ってた」

店を出て会社に戻っても池中は泣いていた。アンはつくづく嫌で仕方なかった。

「泣きたいのはあたしのほうよ……」

アンは涙をこらえながら呟いた。

4　あずきの恋

小倉家に電話があった。

「もしもし小倉ですけど。ああ、新一さん。あずきなら休んでいるけど、起こしてきますね」

電話をかけてきたのはあずきの彼氏だった。

「あ、いえ。寝ているなら、起こさなくてけっこうです。今日は休みだと言っていたのに、携帯電話に出ないから、どうしたんだろうと思っただけですので」

新一は礼儀正しく言った。

「昨夜は遅かったのか、ずっと寝てるわ。大丈夫なのかしら」

マロンは言葉に詰まった。まさか朝帰りしたなんて言えない。

「ああ、昨夜はカメラ店の店長と打ち合わせがあるって言ってました」

あずきったら、遊びも打ち合わせだと言って。

「そうだったんですか……。ところで新一さんに聞きたいことがあるのだけど……」

マロンはモゴモゴと語尾を濁した。

「え？　なんでしょうか？」

新一の構えた様子がマロンには分かった。

「あのね、新一さんは、あずきとどういう気持ちで付き合っているのかな、と。あずきに聞いても『結婚はしない』って……。だから新一さんはどうなのかしらと思って」

マロンは一息ついた。

「僕は真剣に付き合っています。もちろん何度も結婚の話をしているのですが、いつもあずきさんにはぐらかされてしまって……」

新一はハッキリとマロンに伝えてきた。

「まあ、そうだったの！　よかったわ。心配していたのよ。それなら話が早いわね。一度、新一さんの御両親も一緒に家まで来てくれるかしら？」

マロンは弾んだ声で答えた。

「ええ。お伺いします。僕も、お父さんに挨拶したいので。でも、あずきさんは？」

「いいのよ。あずきのことは。私がうまく言っておくから。では新一さん、来週ね」

マロンは上機嫌で電話を切った。


あずきの気持ちとは無関係に、新一との結婚話がどんどん進んでいった。日曜に新一の両親が小倉家に挨拶に来た。「式は年明けに決めよう」ということになってしまった。あずきは反対したが、新一からもらったダイヤの指輪が綺麗で大きくて指にピッタリで、ついニッコリしてしまった。

「可愛いデザイン。まるで花のよう」

大きめの丸いダイヤの周りを小さなダイヤがぐるりと囲んだボリュームのある指輪だった。今のところは仕方ないけど、来年になったら、それとなく婚約を破棄しよう。

あずきはずっと恋愛と結婚とを別に考えていた。新一のことは嫌いではない。けれど結婚する相手とは思えない。

「今どき長男で自営業なんて流行らないわよ」

あずきの口癖だった。

デートのときに些細なことで新一と喧嘩になった。

「あたし帰る。送ってって」

あずきは立ち上がった。新一の部屋だった。

「勝手に帰れよ。タクシーでも拾って」

新一はムッとして言った。

「送って行きなさいよ。自分がここまで連れて来たんでしょ？　タクシーで帰らないわ」

あずきは言い切った。

「勝手に帰れば？」

新一は送ってくれる気配など全くなく、あずきは喧嘩のことより、今の新一の態度に腹が立った。

「自分が迎えに来て連れて来たのに、無責任ね。送って行くのが礼儀でしょ。タクシーは絶対に乗らない」

「関係ないね」

もう話すことはなかった。あずきは部屋を出た。

冗談じゃないわよ。タクシー乗るもんか。

あずきは雪道を歩き出した。白い息が溜め息と一緒に出て足早に歩いた。夜中の女の一人歩き。何かあったら責任は彼にあるだろう。

無責任。やっぱり破棄ね。自信ない。結婚なんてできない。

あずきは二時間半ずっと歩いて家まで帰った。

そして筋肉痛になり、風邪をひいた。最悪。

翌日、すぐにマロンに言った。

「あたし結婚しないからね」

あずきは怒りと失望を消せずにいた。

「どうしたの？　喧嘩でもしたのかしら」

マロンは気にもしていない様子だった。

「歩いて帰って来た。二時間半もかかった。雪も降ってて。向こうが送るのが礼儀でしょ？　馬鹿な人！」

あずきはクシャミをした。体の節々が痛いのは筋肉痛なのか熱からなのか分からなかった。

「どうしてタクシーに乗らなかったの？　馬鹿はあずきのほうよ。風邪までひいて。歩いて帰って来るなんて。とにかく風邪を早く治さないと」

マロンは分かってくれなかった。

あずきは指輪をいつ返そうかと思った。とっても返したくないけど、結婚しないのだから、仕方ない。


何日か経った朝、あずきの携帯電話に新一から着信があった。

出ないわよ。謝っても遅い。絶対に許せない。

何回か鳴って、諦めたのか静かになった。

「あずき！　電話よ」

下からマロンが呼んだ。

「いないって言って」

あずきは話したくなかった。

「あら、部屋にいるって言ったから、出てよ」

仕方なく受話器を取った。

「もしもし、何か用ですか？」

あずきは不機嫌な声で言った。

「今日はどうする？　何時に行けばいい？」

新一は今までと同じように聞いた。

「他に言うことないの？　あたし歩いて家まで帰ったのよ。今日どうするも、もう会わないから。電話を切りますね」

側にいたマロンがあずきから受話器を取り上げた。

「ちょっと！　ママ、何するの」

あずきはムッとした。

「そうなの？　そうなの？　まあ……。分かりました。じゃあ新一さん、後でね」

マロンは電話を切ってしまった。

「なんて言ったの？　あたし関係ないからね」

「あずきの指輪のお礼もあるから、新一さんのスーツを見に行くのよ」

マロンは何もなかったかのような顔をして言った。

「あたし行かないから。もう関係ないわ」

「午後から約束したから行きたくなかったらあずきは家にいたら？　どっちでもかまわないのよ」

マロンはどういうつもりなのだろう。

「あたし行かない」

あずきは部屋に戻った。

しばらくして新一がやってきた。

「どうするの？　家にいる？」

あずきはしぶしぶ返事をした。

「行くけど、すぐ帰る」

「そう？」

マロンは素っ気なく言った。


「新一さんブルーグレーのスーツは？」

マロンはあれこれと口出しした。

「いいですね。似合いますか？」

新一はマロンと仲良く話していた。あずきはふてくされた顔のまま側のスーツを見ていた。

「あずき、新一さんにグレーは暗いと思わない？　やっぱりブルー系がいいわよね？」

あずきはチラッと見て言った。

「どっちでも。あたし関係ない」

「いつまで怒ってるの？　新一さん、後であずきの洋服を買ってくれるそうよ。良かったね」

あずきは少しだけ機嫌がよくなった。

「本当？　なんでもいいの？」

「なんでもいいよ。前に欲しいって言ってたワンピースにする？」

「でも、まだ許したわけじゃないからね」

しかし、あずきは上機嫌になっていた。ワンピースは数万円もして、手が出しにくかったからだ。

「ママ、買い物の後は帰ってね。なんだかお腹が空いたから、何か食べに連れてってもらうわ。いいでしょ？」

あずきは新一のほうを見た。

「はい、はい。言われなくても帰りますよ。パパが待ってるわ」

喧嘩は丸く収まった。

せっかく仲直りしたのに、この日もまたあずきは歩いて帰って来た。

今度の喧嘩の原因は大したことではなかった。新一が「寒いから」とトイレの後に手を洗わないから喧嘩になった。

やっぱり結婚はしないほうがいい。

あずきは考えるのに疲れて仕事に打ち込んだ。帰りも遅くなった。

家に帰ると、毎日のように新一が来ていた。新居のことなどを決めるために、あずきに相談に来ていたのだった。

「壁紙だけど、カタログを見て選んで」

新一は分厚いカタログを何冊も開く。

「あたし疲れてるのよ。面倒くさいわね」

あずきは一冊のカタログを見た。

「ベージュでいい。次は何があるの？」

「フローリングと照明と他には……」

新一の話の途中であずきは大声を出した。

「一度に終わらないの？　まだ結婚するかどうかも決まってないのに、順番が逆だわ」

「なんて言い方するの！　新一さんも勝手に決めたらあずきが怒ると思って何度も相談に来てるんじゃない」

マロンは新一がお気に入りでいつもかばう。いつも。今も。あずきの味方はしてくれない。

「分かった。今日はもう休む。疲れてる」

あずきは部屋に入った。部屋の中に段ボール箱が一つ荷造りしてあった。ガムテープを外して中を見ると、あずきの夏の靴や小物だった。あずきが仕事をしている間に、マロンが勝手に荷造りしていたのに違いない。善哉はあずきの部屋には入らないから。

「あたし、結婚するのかな……」

あずきはベッドで読みかけの本を開いた。小説みたいな恋は実在するのだろうか。人生は金だと思う。楽しいだけじゃ生活はできない。結婚の相手は別な気がする。素敵な恋をして、一生忘れられないほどのプロポーズがあって結婚するのは映画の中だけのこと。

あずきは今になって大変なことを思い出した。

そう言えば、プロポーズはまだしてもらっていない……。

何もかも順番が逆になっている。


冬の恋砂海岸は、寒くて風も強くて、誰もいなくてひっそりとしていた。

「何も今日じゃなくても……」

新一は寒そうに呟いた。

「何を言ってるの？　プロポーズしないと結婚の話も出てこない。早くして。寒い」

あずきはマフラーに顔をうずめた。

近くに大きな岩があったので、あずきは上って行った。

「落ちたら危ないよ」

新一も上って来た。

「見て！　下は海。落ちたら大変ね」

あずきはドキドキした。ジェットコースターみたいなドキドキが身体中に走った。

「結婚しようね」

そのとき、新一が言った。

「そうね」

あずきは答えて岩から下りた。ドキドキのスリルはすぐに消えた。

「寒いから帰ろうか？」

「えっ？　プロポーズは？」

あずきは聞き返した。

「さっき言ったじゃない」

新一は車へと歩き始めた。

「ちょっと待って。なんて言った？」

「だから……結婚しようねって」

「それだけ？　たったそれだけなの？　一言じゃない！　いつもと変わらないじゃない！」

あずきは不服そうに歩き出した。

「帰るぞ！」

新一は足早に歩いて行った。

「やっぱり何か違う」

あずきは一瞬足を止めたが、走って新一に追いついた。


家へ帰ると段ボール箱が増えていた。

「ママ、勝手に荷物を片付けないで」

あずきは何故か納得がいかなかった。

「今は使わない物ばかり。夏物だけよ」

「結婚するか分からないのに」

「マリッジ・ブルーって言うのよ。今のあずき」

「マリッジ・ブルーとは違う。何か……」

「ママもパパと大恋愛だったけど、結婚が近くなるにつれ悩んだわ。けど、一時のこと」

マロンは澄まして言った。

5

マロンの熱愛

年の暮れも近づいたある日、久しぶりに家族全員が夕食の食卓についた。

「年が明けたら、あずきの結婚式の日も決まるし、なんだか寂しくなるわね」

マロンはあずきを見た。

「あたし結婚しないわよ。なんだかママがお嫁に行くみたい。毎日あたしの荷造りして」

あずきは他人事のように言った。

「あずき姉、いいな。あたしも結婚したい。あたしは絶対に本田君と結婚するんだ」

しるこは満面の笑みで言った。

「また本田君の話？　付き合ってもいないのに、どうやって結婚するのよ。だいたい、まだ高校一年生のくせに、何を甘いこと言ってるの」

アンが頬杖をつきながら言った。

「アン。テーブルの上で肘をつくのは止めなさい」

マロンが注意した。

「はーい」

アンは頬杖を外した。

「アンはケンと進展あった？」

あずきが聞いた。

「別に。変わりなしよ」

「最近ちょっと変ね。アン、何かあったの？」

マロンは心配そうにアンを見た。

「お茶を入れてくれないか？」

善哉はさりげなくアンを見て、あずきに目をやり、最後にしるこを見た。

「パパ、羊かん食べますか？」

「ああ。食べるよ。切ってくれないか」

小倉家特製羊かん。店で売るのとは別に、善哉が家庭用に作っている、栗がたくさん入った羊かん。

「あたしも戴こうかしら」

マロンはニッコリとして冷蔵庫を開けた。

「パパとママって仲良いね」

あずきが羨ましそうに二人を見た。

「喧嘩してるの見たことない」

アンも不思議そうに目の前の善哉の顔を見た。

「ねぇ！　ママはいつも『パパと大恋愛だった』って言ってるけど、どうして結婚したの？」

しるこが興味津々で聞いた。

「イヤダワ。恥ずかしい。パパ、話してもいいかしら？」

善哉は咳払いをして席を立った。

「パパ怒ったのかな？　羊かんも食べずに」

しるこは目をパチパチさせた。

「いいのよ。照れくさいのよ。パパと出会ったのはね……」

マロンが話し始めた。しるこはワクワクしたかのように身を乗り出した。あずきとアンは顔を見合わせ、黙って話を聞き始めた。


二十数年前の冬……。

「日本って素敵ね！」

マロン・グラッセは空港を出るなり驚いた。

「仕事の下見だけだから、長くは日本にはいないよ」

マロンの父、スフレ・グラッセが言った。

「ママも一緒に来ればよかったのにね」

マロンは残念そうに呟いた。

「ホテルに着いたら出かけるけど、パパが戻って来るまでは何処へも出ないように」

スフレは世間知らずのマロンが心配でならなかった。

「はい。もちろん、いい子にしてるわ」

ホテルに着くなり、スフレは出かけて行った。

退屈だなあ……。

しばらく窓の外を眺めていたマロンはとうとう決めた。

ちょっとだけなら、いいわよね。

マロンはスフレとの約束を破り外へ出た。

「うわー、何もかもフランスと違う！」

マロンは走り出した。

最初に行った場所はデパートだった。色々な物が溢れていてマロンは嬉しくて仕方なかった。まず目に付いたマフラーを買った。すぐに首に巻き付けた。真っ白い雪のようなマフラーに銀のラメが光っていた。

次に行ったのはメンズショップ。寒いのでセーターを見ていた。

パパに似合うかな……。

マロンは鞄が邪魔だったので側に置いた。両手でセーターを広げてみるとスフレに似合いそうだった。レジを探していると、自分の鞄がないことに気付いた。

マロンは慌てて捜したが、確かにさっき置いた場所には何もなかった。財布もパスポートも、大事な物は全て鞄に入れていた。

どうしよう。マロンは受付で一生懸命に鞄がなくなったことを説明した。鞄が見つかり次第、連絡を入れると言われた。ホテルのパンフレットを持って来たのは今みたいなトラブルのためなのに、鞄に入っていたのではなんの意味もない。

「分かりました」

マロンはデパートを出てホテルに帰ることにした。デパートはホテルの近くのはずだが、歩いても歩いてもホテルが見つからなかった。

なんて名前のホテルだったかな？　きっとパパに後から叱られるわ……。

歩き疲れたマロンはバス停のベンチに腰掛け、通り過ぎるバスを見ていた。

馬鹿だったわ。パパの言うことを聞いてホテルにいればよかったのよ……。

マロンが途方にくれているとき、バスから降りてきた青年がいた。

「ちょっと、君！」

青年はマロンの肩に手をかけた。その瞬間、マロンは「フランス人形みたい」とよく言われる大きな目をパチリと開いた。

「貴方は？」

マロンはまじまじと青年を見た。

「生きてたか！　良かった。それじゃ」

青年は歩き出そうとした。

「ちょっと、レディーが困っているのに、見捨てるの？　日本の男性って薄情なのね」

マロンは青年のコートを引っ張った。

「僕にどうしろと？」

青年は面倒くさそうにマロンの隣に座った。

「買い物をしてたら鞄がなくなって、帰るホテルも分からないの。貴方、あたしを送って行って」

「何処のホテル？」

「それが思い出せないから困っているのよ」

マロンの溜め息が白い息と重なった。

「名前すら分からないなら、送って行けないよ」

青年は立ち上がろうとした。マロンは強くコートを引っ張った。

「貴方は急いでいるの？」

マロンは青年を見つめた。その瞳で見つめられると、たいていの男性は魔法にかかったみたいになるのだ。

「別に急いでいないけど……。君は日本語が上手だね」

「あたしマロン。パパから日本語を盗んだの。今度、パパがお菓子の店を日本で出すの」

「えっ、そうなんだ？　偶然だね。僕の家もお菓子屋なんだ。和菓子だけどね。だから僕の名前は善哉。大学を卒業したら、後を継ぐことになってる」

「貴方はいくつなの？」

マロンは大きな目を善哉に向けた。

「二十二歳。君は？」

「マロンって呼んで。でも、レディーに歳を聞くなんて失礼よ。それにしても、鞄の中にパスポートも入ってたの。どうしたらいい？」

「盗難届けを出すか。それとも日本の男性と結婚してしまえば、パスポートは必要ないね」

善哉が冗談交じりに笑って言った。

「まあ！　あたし気が付かなかった。あたし、貴方と結婚したいわ！」

マロンは嬉しくなって善哉を見つめた。

「え？」

「貴方たった今、あたしにプロポーズしたわ。それとも、貴方は何かマズイことでもあるの？　彼女がいるのかしら？」

「いないけど、突然すぎないか？」

善哉は困ってしまったようだった。

「何故そんな顔をするの？　あたしが嫌い？」

マロンは善哉の顔を覗き込んだ。

「いや、嫌いも何も。君……マロンだったね？　本気なの？」

「もちろん！」

マロンは本気だった。知らない国でトラブルにあって困っているというのに、他の人は知らん顔をして通り過ぎていった。唯一声をかけてくれたのが善哉だったのだ。マロンはこの人なら一生あたしを助けてくれる、そんな予感がした。

「これから、どうするつもり？」

善哉が口を開いた。

「とにかく貴方のパパにあたしを紹介して」

マロンはベンチから立ち上がった。

「分かったよ。親父びっくりするだろうな」

善哉も立ち上がった。

「あたしのパパにはホテルが見つかったら紹介するから」

善哉の家に着くと、善哉の両親は驚き、マロンを物珍しそうに眺めた。

「こんにちは。マロン・グラッセです。彼と結婚したいと思ってます。よろしくお願いします」

マロンはニッコリ笑った。

「どういうことだ！　善哉、どういうことなのか説明しろ」

善哉の父が驚きを隠せずに聞いた。

「だから彼女が僕と結婚したいって」

「マロンさん？　あなたの親は知ってるの？」

善哉の母が心配そうにマロンを見た。

「知ってます。二人の結婚に賛成です。今度、パパを紹介します。今は仕事で日本にいます」

マロンはスラスラと日本語で話した。

「マロンちゃん？　結婚するってことは日本で暮らすことになるわよ。フランスの実家に簡単には帰れないのよ」

善哉の母はマロンを見つめた。

「大丈夫です。フランスには帰りません。死ぬまでゼンザイさんと一緒です」

マロンははっきりと答えた。

「そう。善哉のことをよろしく頼みます」

善哉の母は深々と頭を下げた。

「母さん、許すのか？　わしは認めないぞ」

善哉の父は反対した。

「何を言ってるの！　マロンちゃんみたいな美人、これから先には絶対に現れないわよ。彼女も日本に住む覚悟を決めてるのに」

マロンはポロポロと涙をこぼした。

「勝手にしろ」

善哉の父は煙草を揉み消した。


善哉は電話帳を開いて、マロンが買い物をしたデパートの付近のホテルに一軒ずつ電話をすることにした。

「もしもし、そちらにフランスからのスフレ・グラッセさんがお泊まりではないでしょうか？」

「いいえ。そのような方は宿泊されていませんが……」

善哉は次のホテルに電話してみた。付近のホテルに片っ端から電話をしているが、スフレが泊まっているホテルはすぐには見つからなかった。

「あたしがホテルの名前さえ覚えていたら」

マロンは沈んだ顔で善哉を見た。

「大丈夫。必ず見つかるから」

善哉は次のホテルに電話をかけた。

「もしもし……。本当ですか？　娘さんがホテルへ帰れずに。はい。お願いします。あの、僕は小倉善哉と言いますが、今から彼女を連れて行きますので」

スフレが見つかったのだった。

「パパ怒ってた？」

マロンが電話の様子を気にした。

「心配してた。早く安心させないとね」

善哉はコートを羽織った。

「ホテルに着いたらなんて言うつもり？」

「僕にまかせて。あまり怒らないように言ってあげるから」

「ふーん。まっ頑張って」

マロンは真っ白なマフラーを巻いた。

「ホテルが見つかったのか？」

電話のやりとりを聞いていた善哉の父が口を開いた。

「はい。ありがとうございました」

マロンは笑顔で言った。

「気を付けてな。日本は寒いから」

善哉の父は新聞を見て言った。

「マロンちゃん、今度はゆっくり来てね」

善哉の母の言葉に、マロンはこう答えた。

「はい。今度来るときは帰らないつもりですから」

善哉の父は、お茶を噴き出した。


ホテルのロビーでは、スフレ・グラッセが二人を待っていてくれた。

「ありがとう！　娘を無事に保護してくれて」

スフレは善哉の手を握った。

「いえ。あまり彼女を叱らないで下さい」

「もちろんだよ。部屋へ案内するよ」

スフレはエレベーターへと歩いた。

「よかった！　パパが怒ってなくて。でもパスポートは叱られるね」

マロンは小声で言った。

「日本で仕事があってね。ちょっとバタバタしてて申し訳なかった」

スフレは善哉に好意的であった。

「あのね。パパに似合うセーターを見ていたら、鞄がなくなって。中に財布やパスポートも……」

マロンはそわそわとした。

「なんだって！　パスポートがない？」

スフレの表情が硬くなった。

「でも安心して。パパ、あたし結婚するから」

マロンは善哉の腕を取った。

「どういうことだ？」

スフレは動揺を隠そうとせず、善哉の顔を怪訝な目で見た。

「僕も突然で訳が分からずに……。でも、彼女の気持ちも大事にしたいと」

善哉は自分でも何を言ってるのか分からない様子だった。

「あたし日本に残る。善哉さんと結婚する」

マロンは善哉の腕を取る手に力を込めた。

「やっぱりマロンは連れてこなければよかった……」

スフレは顔を手で覆った。

「パパ、反対しても無駄よ。善哉さんの親は認めてくれた。それに彼は和菓子屋の息子なの。卒業したら……」

マロンの話をさえぎるように、スフレが言った。

「なんだって？　和菓子だって？　ハハハ、これは運命だ！」

突然スフレは笑い出した。

「パパ、どうしたの？」

「春に日本に店を出すのを知ってるね？　日本の和菓子も取り入れたかったが、どこも頑固で断られた。君の家の力を貸して欲しい。君は協力してくれるね？」

スフレは善哉に近寄った。

「僕はいいですが、父は反対すると思います」

「いや、君が賛成なら心強いよ」

「まだ賛成とは……」

「ああ、深く考えなくていいよ。もし君のお父さんが反対したら、今までの計画通りに洋菓子だけの店になるだけで、なんの問題もない」

「それなら、できるだけ父を説得してみます」

善哉はマロンを見た。

「パパ、結婚するわよ」

「本当にマロンはママにそっくりだ。反対したら、何をするか分からないからね」

「そうよ！　駆け落ちだってなんだってするわ！」

「駆け落ち？　どこで覚えたんだ？」

スフレは驚いたようにマロンを眺めた。

「一生あたしは善哉さんの側にいるわ！」


羊かんをつまみながらお茶を一口だけ飲み、マロンは三人の娘を見た。

「もう終わり？　続きは？」

しるこは憧れの目でマロンを見つめた。

「今の状態になるのよ」

「でも今は店は和菓子屋だけよね？」

「結局は洋菓子だけの店になったの」

「なんだ。単なる押しかけ女房じゃない」

あずきは欠伸をした。

「ママは幸せなの？」

アンが真面目な顔でマロンに問いかけた。

「幸せよ。最初にパパと出会ったときの直感はピッタリだった。この人なら、一生あたしを守ってくれるって」

リビングのドアが開いた。

「まだ寝ないのか？」

善哉が顔を出した。

「もう寝まーす」

あずきが答えた。

アンは黙っていた。

しるこはウットリとした目をしていた。

6

それぞれの明日

あずきは新一と電話をしていた。

「結婚式は、早いほうがいいね」

新一の声は弾んでいた。

「……やっぱり結婚はできない。もう一度ちゃんと考えたほうがいいと思うの」

あずきは今まではっきりと言えなかったことを、初めて新一に打ち明けた。

「え？　なんて？」

「だから、結婚はできない」

「どうして？」

「不安なのよ」

「大丈夫だよ」

新一は簡単に答えた。

「何が大丈夫なの？」

あずきの心配は新一そのものだった。

「何が心配？　言ってみて」

新一は事の重大さが分からないらしい。

「結婚するってことは、何もかも変わるってことよね。名前も家族も生活も。あたし、今までの自分が変わってしまうかと思うと……」

「もちろん名前は変わるけど、後は何も変える必要はないよ。生活も二人が暮らす分には十分だし。他に何が？」

「今の仕事も辞めたくない」

「続ければいいよ」

「縛られたくない。友達と会えなくなるのも嫌だし」

あずきは思い付いたことを順々に言い出した。

「絶対に縛らない。友達と遊んでもいいよ。あずきの意見を尊重する」

新一は一生懸命にあずきを納得させようとした。

「そう？　だけど、服とか買えなくなるのよね？」

「いつも贅沢はできないけど、たまに外食したり、服を買ったりはできる」

「本当に？」

またあずきは揺らいでしまった。

「だから何も心配しなくていいよ」

電話の後、あずきは溜め息をついた。

結婚していいのだろうか。マロンは幸せだと言っていた。押しかけ女房でも、二人を見ていると、喧嘩もない。マロンが言っていたように「マリッジ・ブルー」という一言で片付けてしまっていいのだろうか。

きっと善哉とマロンも、結婚前には喧嘩をしたことがあると思う。結婚して子供たちが生まれて喧嘩がなくなっていったのかもしれない。

何しろ、今のままじゃ何も変わらない。結婚したら新しく何かが変わるのかも。そろそろ覚悟を決めるしかない。


アンは悩んだ末に江川と別れる決心をした。

江川は辞表を出した。

「辞表を出したよ。本社には戻らない。アンと一緒に住む新居も探さないとね」

江川は食事の手を止めた。

「本当に会社を辞めるの？　次の仕事はどうするの？」

アンは江川の目を見た。

「新しい土地で住むところが決まったら、すぐに仕事も探す」

「仕事が決まらなかったら？」

「アルバイトでもなんでもする。アンは何も心配することはないよ。アンには働かせない」

「奥さんには、なんて言うの？」

アンはストローでグラスの氷をいじった。

「何も言わないよ。落ち着いたら全て話す」

江川の言っていることは全部その場限りの嘘？

「何も言わずに逃げるの？」

アンはじっと江川を見つめた。

「逃げてなんかいない。今すぐに話すと混乱するからだよ。だから……」

「逃げてるわ。あたし江川さんが好きだけど、一緒には行けない」

「何故？　僕はアンを愛してる」

「最初はとても幸せだと思う。そのうちに子供もできるかもしれない……」

　アンは涙が溢れそうだった。

「そうだね。家族になるね」

「その家族を貴方は捨てようとしてるのよ」

「………」

「きっと何年か経ったら、また別の女性と知り合って、今みたいに夢中になるのよ」

「何を言ってるんだい？　僕はアンだけだよ。今も、これからも」

「何年かしたら今の家族を捨てるように、あたしを見捨てるのよ」

「アンは自信がないの？　僕は会社も辞めて本気だから」

江川がアンの頬に手を触れた。アンはそっと江川の手を外すと立ち上がった。

「帰りましょう」

アンは思った。逃げたくない、と。

会社で池中が泣いていたとき、会社の人たちはみんなアンを悪者にした。自分もできることなら会社を辞めたいと思った。だけど、どうしようもない。しばらくはつらくても、自分の気持ちがスッキリするまでは。会社が嫌になって辞めるのならともかく、このまま辞めてしまっては、とってもくだらない理由で辞めることになってしまう。

人の噂もなんとか……なんだったかな？　七十五日？　まあ、二、三ヵ月のことだろう。辛抱するしかない。

そのうち、いいこともあるだろう。今度は独身の男が見つかるかもしれない。でも、しばらくは何も考えたくない。認めたくはないが、まだ未練が残っている。世の中には好きで別れることもあったのだ。初めて知った。

でも、仕方ない。どう考えても、いい恋愛じゃない。それは分かっていたはずだけど、それでもつらすぎる……。

いつか両親みたいな恋ができる日が来るかもしれない。アンは泣かないように上を向いて空を見上げた。

しるこは困ったことに本田に手紙を出してから急に意識してしまうようになった。ラブレターではないのだけれど。

「おはよっ」

本田と駅の階段で一緒になった。

「おはよう……」

しるこはうつむいた。

「元気ないね。どした?」

本田が聞いてくる。

「なんでもない……」

しるこはスタスタと先を歩いた。顔から火が出そうだった。

その日からしるこは本田の前で素直になれず、変な行動ばかり取ってしまうようになった。

帰りも一緒になった。

「寒いな」

本田が声をかけてきた。

「うん。寒いね……」

またしるこは黙ってしまった。借りてきた猫みたいだった。

「あんまり静かだと、気持ち悪いな」

本田はおどけて言った。

「………」

前に大人しそうなのがいいって言ってたのに。しるこは頭の中で言葉を探していた。

「しょうがねぇ奴だなあ」

本田は歩いて行った。しるこは後ろを歩いた。雪を踏む足音だけが聞こえた。わざとゆっくりと歩くしるこに気付いた本田はさらにゆっくりと歩いた。

もっと早く歩いてよ。追い付いちゃうじゃない。

しるこは本田が振り向いたら……と思うと、緊張して不自然な歩き方になった。

「じゃあな」

本田の家の前だった。

「バイバイ……」

しるこは小さく手を振って走り出した。

「ああーっ、変な奴だと思われてるわ」

しるこはドキドキした胸を押さえた。

恋って苦しい。でも本田君が大好き！　今度は絶対に緊張しないぞ。緊張するから変な子になってしまう。ああーっ、まだドキドキしてる。


マロンは夢を見ていた。

「僕が作ったまんじゅうだけど、一緒に食べないか？」

善哉が小さな盆を持って立っていた。

「まんじゅう？　あたしガトー・ショコラが食べたかった」

マロンはチラッと善哉を横目で見た。

「きっと美味しいよ」

善哉はテーブルに盆を置いた。

「そう？　仕方ないわね」

マロンは食べた。

「美味しい！」

「ほんと、美味しいね」

善哉も言った。

そこでマロンは目が覚めた。なんだか懐かしい夢だった。

若い頃の夢だったのだろうか。もう六時。起きないと！

マロンは夢を覚えていなかった。慌てて起きてリビングに入った。

朝の支度をしていると、今日は日曜日であることに気付いた。

「あら今日は日曜だったわ。もう少し寝ていれば良かったかしら」

マロンは窓の外を見た。薄い銀のベールに包まれた空からは静かに雪が降り積もり、白い世界だった。

「もう起きたのかい？」

善哉がリビングを覗いた。

「今日が日曜だと忘れていましたわ」

マロンは笑って善哉のほうを見た。

「雪が積もったね」

「ええ。昨夜は静かだと思ったら随分また積もったものね」

「寒いから風邪ひかないように」

善哉は自分の着ていたカーディガンをマロンの肩に掛けてリビングから出て行った。

「ありがとう」

マロンはしばらく窓の外を見ていた。チラホラと雪が降りだした。何もかもが真っ白だった。静かな雪は、温かくて優しい。綺麗な雪景色。


一週間が慌ただしく過ぎて、十二月最後の日曜になった。朝早くからマロンはバタバタと動き出した。

「今日は大掃除ですよ」

朝から掃除機の音が響いた。

「あずき！　早く起きて手伝って！」

あずきの部屋へ入った。あずきは段ボール箱いっぱいの中のベッドに寝ていた。

「うーん。眠い……。面倒」

次にアンの部屋を開けた。

「アン、起きて！　大掃除よ！　自分の部屋だけでも掃除しなさいよ」

「うるさいなあ。昨日クラブ行ってて、さっき寝たばかりなのよ。おやすみ、ママ」

アンは布団を深くかぶった。

「しるこ！　起きて！　掃除しなさい！」

しるこの部屋を開けると、

「ママおはよう」

「しるこ起きてたの？　寝てないのね。何をしていたの？」

マロンは呆れた顔でしるこを見た。

「詩を作っていたの。本田君の」

しるこは欠伸をした。

「本田君もいいけど、掃除しなさい。本田君がしるこの部屋を見たら驚くわよ。泥棒が入ったのか、って」

マロンは笑って言った。しるこは不安そうな顔になった。

「とにかく少し寝なさい。寝てないのでしょ。お昼に起こしてあげるから」

マロンは下へ戻り、善哉を探した。

「パパどこにいるの？　玄関の雪かきして！　後で納屋を片付けて下さいね。パパ？」

善哉は新聞を見ていた。

「ちょっと休憩してから雪かきをしようかと」

善哉は立ち上がった。

「寒いわよ。外は」

マロンは善哉にダウンジャケットを着せた。

「また積もりそうだな」

外は雪だった。音もなく静かに舞い降りる雪。降り続ける雪は止みそうになかった。

（了）

著者プロフィール
立花 すみ（たちばな すみ）
石川県生まれ。

マロン・グラッセみたいな恋

2008年５月15日　初版第１刷発行

著　者　立花 すみ
発行者　瓜谷 綱延
発行所　株式会社文芸社
〒160-0022　東京都新宿区新宿1－10－1
電話　03-5369-3060（編集）
03-5369-2299（販売）

印刷所　株式会社平河工業社

ISBN978-4-286-04614-3